ÉPITRE

A UN VIEUX SOLDAT.

AVEUX D'UN JEUNE FRANÇAIS. — SCÈNE D'UNE COMÉDIE.

Par M C. D.

A PARIS,

CHEZ LES LIBRAIRES DU PALAIS-ROYAL.

1823 (septembre).

IMP. DE CARPENTIER-MÉRICOURT.

LES AVEUX

D'UN JEUNE FRANÇAIS.

J'avais quinze ans en 1814 ; mon cours de philosophie fut interrompu par l'arrivée de vingt mille Français qui venaient défendre la ville où je suis né. Une compagnie de grenadiers fut logée dans la maison de mon père : quel plaisir pour moi de leur entendre raconter leurs campagnes, les combats où ils avaient assisté, et les exploits de chacun d'eux ! L'expression de Voltaire leur convenait à merveille : c'étaient des Alexandres payés à quatre sous par jour. Leur gaîté, leur haîne contre nos ennemis, firent sur moi des impressions que les auteurs classiques, les journaux et des romans, lus à la dérobée, n'avaient jamais produites. Je dus à nos hôtes les premiers sentimens de patriotisme. L'ennemi s'approchait de la ville, et regardait avec envie les hauteurs qui l'environnaient. Des redoutes y furent élevées à la hâte ;

je me plaisais à manier la pelle, la pioche et la bêche, et j'aidais à construire ces remparts de terre qui devaient abriter nos soldats.

O le beau jour que celui d'une bataille! J'avais suivi les grenadiers dans une redoute; les ennemis s'avançaient péniblement, harcelés par nos voltigeurs répandus çà et là, et qui, dans la plaine, ne me paraissaient pas plus gros que le poing. Tantôt ils poursuivaient, tantôt ils fuyaient, et leur intrépidité égalait leur prestesse. Obligés de céder au grand nombre, ils reviennent en bon ordre, et prennent rang à côté des grenadiers. La fusillade et l'artillerie redoublent de fureur; la musique guerrière, placée au centre de la redoute, fait entendre des accens plus vigoureux... mon cœur battait... les ennemis étaient à vingt pas... oh! non, ce n'était pas de crainte! Je ressentais ce que tous les Français éprouvent sur le champ de bataille; j'étais dans le délire des combats. Un général m'aperçoit par hasard, comme il donne ses ordres à un aide-de-camp; la vue d'un enfant excite sa pitié: Malheureux, si tu péris, quel coup pour ton père! Il me force à rentrer dans la ville et à retourner à la maison paternelle. Le jeune officier me place sur la croupe de son cheval, et, poursuivi par les balles et les boulets, me ramène à l'auteur de mes jours. La ville capitula, nos grenadiers nous quittèrent ; je pleurais, je voulais m'attacher à leurs pas ; j'en fus empêché par mon père, et je vis, plein de confusion et de douleur, nos ennemis insulter à nos pénates, et se promener sur nos places et dans nos rues, leur casque surmonté d'un laurier.

Les Bourbons remontent sur leur trône. Jusqu'ici je n'avais prêté qu'une légère attention à l'histoire de France ; leur rétablissement me rend curieux de connaître leurs ancêtres. J'adorai Henri IV, j'estimai Louis XIII en admirant son ministre, la grandeur de Louis XIV élevait mon âme, j'aimais les faiblesses de Louis XV, et l'infortune de son successeur m'arracha des larmes de sang. Le commencement d'un règne paisible contrastait singulièrement avec les années qui venaient de s'écouler ; mon oreille, au milieu du silence de la paix, croyait toujours entendre ces cris de guerre qui la frappaient depuis que j'étais né. Napoléon sort de l'île où il était prisonnier depuis un an ; son aspect me rappelle nos dernières défaites, je n'écoute que le désir de reconquérir une gloire perdue et de relever des trophées renversés : je fus un des Français que le grand homme abusa de nouveau : je ne retirai de l'illusion d'un moment que honte et que désespoir.

C'est de là que datait mon mécontentement. Lancé dans un parti, j'en adoptai aveuglément les chimères, et ma première jeunesse se passa dans les agitations de l'orgueil irrité. Cependant plus j'allais, plus ma mauvaise humeur me devenait à charge ; quand j'analysais bien cette maxime : constance aux opinions embrassées et respect aux hommes qui les partagent, je reconnaissais qu'on décorait du nom d'opinion une antipathie fâcheuse dont mon cœur était victime; je reconnaissais qu'en rendant honneur et respect à tous les hommes de mon parti, je prostituais souvent mes hommages, puisqu'il me fallait honorer les ambitieux, les sots et les fripons qui pensaient comme moi. J'étais tout à la fois dupe et ridicule.

Je reculai d'horreur au meurtre d'un prince du sang royal. Y aurait-il des assassins dans nos rangs ? telle fut ma première pensée. Les débats parlementaires continuèrent à enflammer mon imagination; et l'esprit d'imitation, qui semble inné dans l'homme et qui cause tant de bévues, m'unissait encore de cœur, de propos et d'espérance aux frondeurs. Ces mots magiques de gloire et de liberté, jetés du haut de la tribune, surprenaient agréablement mon esprit; les révoltes de quelques peuples voisins me faisaient croire à l'indépendance des nations. Qu'entendais-je par là? N'ai-je pas dit que ma haine était aveugle? J'épousais ce qui l'alimentait avec une bonne foi tout ingénue.

Après sept années de paix, que d'obscures conspirations troublèrent à peine, une armée royale et française se rassemble au pied des Pyrénées; les mécontens présageaient des trahisons, des défaites; j'attendais avec inquiétude. Les montagnes sont franchies, et ces soldats, dont on représentait sourdement la fidélité comme douteuse, démentent les suggestions d'une basse jalousie; ils font preuve du plus héroïque dévouement. L'Europe, le monde entier contemple un prince français à la tête d'une armée française, et le chef et les soldats rivalisent de courage. Leur union détruit les sophismes de la calomnie; la royauté trouve enfin un point d'appui sur des baïonnettes éprouvées ; et l'honneur national s'est engagé à soutenir le trône des Bourbons. Quel cas faire désormais des perfides argumens qui insinuaient le contraire, et surtout de leurs propagateurs ? Pour moi, j'ai reconnu que les écouter, c'était entretenir dans mon âme des passions odieuses, qui étouffent ce que le caractère d'un homme pourrait avoir de généreux ; la réconciliation de nos armes avec la vraie gloire a réveillé en moi-même le sentiment français qui animait le zèle de nos pères pour leurs rois ; las de me laisser égarer par des désirs incertains et quelquefois coupables, je m'attache sincèrement à mon souverain et à l'ordre de choses qu'il a établi parmi nous ; et déjà je suis soulagé d'un grand poids, de ce malaise de l'esprit qui provient de l'incertitude de l'erreur. Des passions douces ont succédé à une haineuse déraison ; les souhaits affreux de trouble et de désordre ont fait place à l'espoir flatteur de la glorieuse prospérité de ma patrie. C'est la main sur mon cœur que j'écris ces aveux, et que je dis avec conviction : Il est guéri.

EPITRE

A UN VIEUX SOLDAT.

Soldat depuis trente ans tu vis mille batailles ;
Escaladant des forts les affreuses murailles,
Sans reculer jamais à ces mortels assauts ;
Sur les plus hauts remparts tu plantas tes drapeaux.
Sur toi le fer, le plomb satisfirent leur rage ;
Toujours, toujours la mort respecta ton courage.
La Victoire parfois te vit en frémissant
Couché sur des lauriers arrosés de ton sang.
Ce brave, tout couvert de nobles cicatrices,
Dévoue à son pays sa vie et ses services,
Dit de toi l'univers, honneur à son état !
Soldat depuis trente ans, il est encor soldat.
    La France était en proie à des maux innombrables,
La Discorde y soufflait ses fureurs implacables,
La Haine aveuglément dressait des échafauds,
Réparant ses excès par des crimes nouveaux,
Et du sang de nos Rois tous les jours plus avide ;
Le bon Louis tombait sous un fer régicide,
Quand, jeune et courageux, tu fus au champ-d'honneur,
Pour la première fois, essayer ta valeur.
Quand tes frères fondaient leur vaine république,
Et de la liberté l'empire tyrannique,
Que le sceptre sacré se brisait dans leurs mains
Qu'enchaînèrent bientôt les fers républicains,
Toi, tu fesais partout honorer tes bannières,
Ton courage vainqueur balaya nos frontières
De nos fiers ennemis, surpris et pleins d'effroi,

Qui, vaincus en tous lieux, reculaient devant toi.
Au milieu des horreurs, la patrie éplorée
Par ses propres enfans se voyait déchirée,
Sans cesse des milliers de tyrans furieux
Du trône s'arrachaient les débris précieux,
Souvent parmi les leurs choisissant leurs victimes,
L'un l'autre se poussant vers d'horribles abîmes,
Et chaque jour enfin, venant de toutes parts
Dans le sein de leur mère enfoncer leurs poignards.
Toi, tu la consolais; tu fermas ses blessures,
Et tes nombreux exploits vengèrent ses injures;
Et, l'honneur des Français était-il compromis?
Toi, pour le relever battais nos ennemis.
　　Un guerrier, tout à-coup, vint étonner le monde,
Il avait des combats la science profonde;
Ce grand homme semblait, par un coup-d'œil certain,
Au pouvoir du génie asservir le destin.
Ses yeux cherchaient au loin les chemins de la gloire,
Sa main à chaque instant t'indiquait la victoire,
Et tu fus, sous ce chef, mille fois enchanté
D'aller, au pas de charge, à l'immortalité :
Vous triomphiez tous deux, la célèbre Italie
Admira ta bravoure et son puissant génie;
L'éclatant souvenir des glorieux Romains
Enflammait ton courage et dictait ses desseins.
Oui, l'Égypte a tremblé sous vos pieds intrépides;
L'empreinte de vos coups orne ses Pyramides :
Trop stériles efforts ! Hélas ! vous n'acquériez
Dans ses déserts brûlans que de tristes lauriers.
L'Europe vous revit, toujours infatigables,
Affronter de nouveau les combats redoutables,
Vous donner l'un à l'autre un mutuel appui;
Il triomphait par toi, tu triomphais par lui.

Les Français, s'épuisant en regrets inutiles,
Pleuraient amèrement sur leurs guerres civiles;
La féroce Anarchie, avide de forfaits,
Prétendait dévorer la France et les Français;
Tous à ton général adressaient leurs prières :
« Héros, lui dirent-ils, mets fin à nos misères,
» Nous mourons si tu n'es notre libérateur,
» Sauve notre patrie et deviens empereur !
» La liberté, pour nous, n'est plus qu'un nom funeste...
» Nous l'aimions... Maintenant notre cœur la déteste. »
Ton chef est empereur ! Quels furent tes transports,
Quand le manteau de pourpre enveloppa son corps,
Et lorsque tu le vis, ceignant le diadême,
Au sortir des combats monter au rang suprême !
C'est là qu'il fut tyran et ternit ses exploits !
Il voulut asservir les peuples et les rois,
Et leur fesait à tous injustement la guerre :
Il lui fallait enfin l'empire de la terre !
Nous ne suffisions point à son cœur peu Français ;
Toujours hors de la France il chercha des sujets.
Par le crime, il tenta de soumettre l'Espagne...
Il la quitte soudain, revole en Allemagne,
Vient à bout avec toi des périlleux hasards,
Vainc, et met dans son lit la fille des Césars.
Fatale ambition ! rien ne la rassasie !
Il te mène bientôt au fond de la Russie;
Mais la fortune ici l'abandonne à jamais,
Et la neige du Nord engloutit ses hauts faits.
    Prisonnier et blessé, conduit en Sibérie,
Pendant près de deux ans, tu pleures ta patrie,
Attendant vainement, au bout de l'univers,
Que ton Dieu, ton héros vienne rompre tes fers :
Ses rapides malheurs trompent ton espérance.

Un jour on te permet de retourner en France ;
Tu voles, tu l'atteins, tu vois, triste et confus,
Nos ennemis vainqueurs et tes frères vaincus ,...
Tu soulages ton cœur en répandant des larmes,
Tu presses dans tes bras quelques compagnons d'armes ,
Tu rejoins tes drapeaux... Combien tu fus surpris !
L'aigle avait disparu pour faire place aux lys.
  De nos anciens Rois la malheureuse race
Sur le trône français avait repris sa place.
Le tyran reparaît, et ta fidélité ,
Surprise à son aspect, trahit la royauté :
Le châtiment suivit votre action coupable ;
Que la France a souffert d'une erreur déplorable !
Erreur que tous les deux vous payâtes bien cher !
Lui s'enfuit, il alla mourir sur un rocher ;
Toi, percé de vingt coups, tu fermais la paupière,
Et tu mordais déjà la sanglante poussière ;
La mort fondoit sur toi... L'on vint à ton secours :
C'est la main des Bourbons (1) qui te sauva les jours,
Et tu juras, dès-lors, plein de reconnaissance,
Pour les enfans d'Henri d'exercer ta vaillance !
La paix et le repos t'arrachaient des soupirs ;
Combattre pour ton Roi fesait tous tes désirs.
  Mais tu vois déployer l'appareil militaire,
Et ton oreille entend le signal de la guerre ;
Ton cœur bat, le canon enfin a retenti,
Tu suis au champ-d'honneur le panache d'Henri ;
Tu chasses de l'Espagne un monstre impitoyable,
L'auteur de tous nos maux, la Discorde effroyable,

(1) Personne n'ignore que plusieurs princes de la famille royale prodiguaient leurs secours aux Français, blessés à Waterloo, qui demeurèrent au pouvoir des Anglais.

Qui devant toi se sauve et ne songe qu'à fuir ;
La terre la bannit, la mer veut l'engloutir.
O brave et vieux soldat ! Quel délice, quels charmes
De pouvoir rétablir la gloire de nos armes !
Fais triompher les lys, et que le nom Français
Soit porté jusqu'aux cieux par tes nouveaux succès !
Triomphe ! avant la fin de ta longue carrière,
Vers le Rhin sonnera la trompette guerrière ;
Là, nous contenterons notre honneur offensé,
Nous irons tous venger les affronts du passé.
Nos frères, nos aïeux sont morts pour la patrie,
Et du fond des tombeaux leur voix sort et nous crie :
« Français, vous savez bien qui nous donna la mort ?
» Vos plus grands ennemis sont du côté du Nord.

L'AVOCAT GASCON,

SCÈNE D'UNE COMÉDIE.

L'AVOCAT GASCON, SON CLIENT.

UN DOMESTIQUE, annonçant.

Monsieur, votre avocat.

LE CLIENT.

Vous tardez à vous rendre,
Cher Monsieur, les bons mets se font toujours attendre.
Comment vous portez-vous ?

L'AVOCAT GASCON.

Je me porte à ravir.

Voici notre grand jour, je m'apprête à jouir;
L'heureux moment approche, eh bien! que nous en semble?
Mais, à propos, mon cher, nous déjeûnons ensemble.
Nous autres avocats, nous ne nous présentons
Décemment au Palais que quand nous sommes ronds.

LE CLIENT.

Mon ami, quel effet mon discours va produire !
Messieurs du tribunal n'auront pas lieu de rire.

L'AVOCAT GASCON.

Ne montrez pas, au moins, un visage abattu,
Et gardez-vous de prendre un air de PRÉVENU;
Que le geste tragique et la mâle assurance
S'accordent en tout point avec votre éloquence.
Avez-vous pris leçon devant votre miroir ?

LE CLIENT.

Je ne pouvais manquer à cela.

L'AVOCAT GASCON.

                      J'ai l'espoir,
Pour bien vous seconder, de faire un bruit de diable;
Mon plaidoyer sera d'un effet incroyable.
Avec quel art, quel sel, j'attaque les abus,
Menant tambour battant juges et substituts !
Afin de rembarrer les plaisans du parterre,
Qui font à mon accent une éternelle guerre,
Sachez ce qu'a produit mon fertile cerveau :
Il a conçu, mon cher, un prodige nouveau;
Une combinaison étonnante, hardie
De mots qui gasconnés auront plus d'énergie

LE CLIENT.

L'accent gascon me plaît.

L'AVOCAT GASCON.

                      Vous avez le goût bon.

Parlez-moi , pour briller , d'un orateur Gascon.
La Garonne m'enflamme autrement que la Seine.
Pour moi , dans mon pays , je suis un Démosthène.
Mais je n'ai rien ici perdu de ma chaleur ;
Au tribunal, tantôt , vous verrez mon ardeur :
Mes coups inattendus porteront , je l'espère ;
J'aperçois le dépit déjà de maint confrère.
Comptez, comptez sur moi, vous serez condamné !
Votre nom , mon ami , demain sera prôné.
En épuisant les traits d'une affreuse satire ,
Je ne vise à rien moins qu'à me faire interdire.

LE CLIENT.

Bonne idée !

L'AVOCAT GASCON.

Aussi bien n'ai-je pas de cliens :
Je suis las d'espérer et de perdre mon tems.
Ces bienheureux procès , en vain je les réclame ...
Un avocat sans cause est comme un corps sans âme.

LE CLIENT.

C'est très-vrai.

L'AVOCAT GASCON.

Vous voyez qu'une fois interdit ,
On va me comparer à Cicéron proscrit.
L'univers s'écrira . « Quelle injustice horrible !
» C'est affreux ! » Vous savez que le monde est sensible !
Mille souscriptions s'ouvrent en ma faveur ;
Les gens de tous côtés m'apportent de bon cœur
Leur argent et leur or : tendre sollicitude ,
Tu me fais oublier le chagrin le plus rude ,
Et je me réjouis d'être sacrifié !
Je ressens les effets de l'humaine pitié.
Tout vient on ne peut mieux ; bientôt , je vous assure
Qu'à des souscriptions je devrai ma voiture.

LE CLIENT.

Le plan est excellent.

L'AVOCAT GASCON.

Oh ! vous n'y perdrez rien ;
On vous appliquera , mon cher , comptez-y bien ,
Le MAXIMUM.

LE CLIENT.

Ma foi , ce n'est pas nécessaire.

L'AVOCAT GASCON.

Comment ! le MINIMUM , serait-il votre affaire ?
Eh bien ! soit.

LE CLIENT.

Il suffit que mon nom soit connu.

L'AVOCAT GASCON.

Reposez-vous sur moi pour qu'il soit répandu.
J'en jure par le Styx , plus que par la Garonne :
La Gloire vous réserve une triple couronne.

LE CLIENT.

Qu'un déjeûner charmant commence un jour si beau.

L'AVOCAT GASCON.

De la salle à manger , nous volons au Barreau.
Courons faire sonner les mots de fanatisme ,
D'ignorance , d'erreur et d'affreux despotisme ;
Annoncer à la terre une combustion ,
Et jouir des bienfaits de l'interdiction.

FIN.

www.ingramcontent.com/pod-product-compliance
Lightning Source LLC
Chambersburg PA
CBHW061444170626

46811CB00005B/2365